貓兒房事務所

事務所

5 路痴女俠初登場

作者／兩色風景　繪圖／鄭兆辰

石ˊ鼓ㄍㄨˇ

　　石ˊ鼓ㄍㄨˇ的˙身ㄕㄣ體ㄊㄧˇ強ㄑㄧㄤˊ壯ㄓㄨㄤˋ，但ㄉㄢˋ長ㄓㄤˇ相ㄒㄧㄤˋ凶ㄒㄩㄥ狠ㄏㄣˇ，而ㄦˊ且ㄑㄧㄝˇ脾ㄆㄧˊ氣ㄑㄧˋ火ㄏㄨㄛˇ爆ㄅㄠˋ，容ㄖㄨㄥˊ易ㄧˋ衝ㄔㄨㄥ動ㄉㄨㄥˋ。

　　他ㄊㄚ有ㄧㄡˇ一ㄧˋ個ㄍㄜˋ可ㄎㄜˇ愛ㄞˋ的˙妹ㄇㄟˋ妹ㄇㄟ，叫ㄐㄧㄠˋ做ㄗㄨㄛˋ釉ㄧㄡˋ子ㄗ。出ㄔㄨ於ㄩˊ保ㄅㄠˇ護ㄏㄨˋ妹ㄇㄟˋ妹ㄇㄟ的˙責ㄗㄜˊ任ㄖㄣˋ感ㄍㄢˇ，石ˊ鼓ㄍㄨˇ練ㄌㄧㄢˋ就ㄐㄧㄡˋ了˙一ㄧˋ身ㄕㄣ高ㄍㄠ強ㄑㄧㄤˊ的˙武ㄨˇ藝ㄧˋ，尤ㄧㄡˊ其ㄑㄧˊ特ㄊㄜˋ別ㄅㄧㄝˊ喜ㄒㄧˇ歡ㄏㄨㄢ以ㄧˇ棍ㄍㄨㄣˋ棒ㄅㄤˋ作ㄗㄨㄛˋ為ㄨㄟˊ兵ㄅㄧㄥ器ㄑㄧˋ。此ㄘˇ外ㄨㄞˋ，他ㄊㄚ還ㄏㄞˊ有ㄧㄡˇ一ㄧˋ些ㄒㄧㄝ不ㄅㄨˋ為ㄨㄟˊ人ㄖㄣˊ知ㄓ的˙小ㄒㄧㄠˇ祕ㄇㄧˋ密ㄇㄧˋ，比ㄅㄧˇ如ㄖㄨˊ他ㄊㄚ最ㄗㄨㄟˋ不ㄅㄨˋ願ㄩㄢˋ意ㄧˋ承ㄔㄥˊ認ㄖㄣˋ的˙弱ㄖㄨㄛˋ點ㄉㄧㄢˇ竟ㄐㄧㄥˋ然ㄖㄢˊ是ˋ怕ㄆㄚˋ老ㄌㄠˇ鼠ㄕㄨˇ。

釉子

　　釉子的世界很單純，小時候的記憶裡幾乎只有哥哥——石鼓。她希望自己有一天能成為成熟穩重、能力超強的「御姐」。另外，她還有一個非常厲害的天賦——超大力！

尺[ㄔˇ]玉[ㄩˋ]

尺[ㄔˇ]玉[ㄩˋ]很[ㄏㄣˇ]有[ㄧㄡˇ]正[ㄓㄥˋ]義[ㄧˋ]感[ㄍㄢˇ]，決[ㄐㄩㄝˊ]定[ㄉㄧㄥˋ]做[ㄗㄨㄛˋ]一[ㄧ]件[ㄐㄧㄢˋ]事[ㄕˋ]之[ㄓ]前[ㄑㄧㄢˊ]不[ㄅㄨˊ]會[ㄏㄨㄟˋ]張[ㄓㄤ]揚[ㄧㄤˊ]，腦[ㄋㄠˇ]子[ㄗˇ]卻[ㄑㄩㄝˋ]轉[ㄓㄨㄢˇ]得[ㄉㄜˊ]飛[ㄈㄟ]快[ㄎㄨㄞˋ]，常[ㄔㄤˊ]常[ㄔㄤˊ]「不[ㄅㄨˋ]鳴[ㄇㄧㄥˊ]則[ㄗㄜˊ]已[ㄧˇ]，一[ㄧ]鳴[ㄇㄧㄥˊ]驚[ㄐㄧㄥ]人[ㄖㄣˊ]」。他[ㄊㄚ]思[ㄙ]考[ㄎㄠˇ]問[ㄨㄣˋ]題[ㄊㄧˊ]時[ㄕˊ]總[ㄗㄨㄥˇ]要[ㄧㄠˋ]吃[ㄔ]點[ㄉㄧㄢˇ]東[ㄉㄨㄥ]西[ㄒㄧ]，思[ㄙ]路[ㄌㄨˋ]才[ㄘㄞˊ]會[ㄏㄨㄟˋ]順[ㄕㄨㄣˋ]暢[ㄔㄤˋ]。平[ㄆㄧㄥˊ]時[ㄕˊ]會[ㄏㄨㄟˋ]用[ㄩㄥˋ]一[ㄧ]把[ㄅㄚˇ]紅[ㄏㄨㄥˊ]傘[ㄙㄢˇ]作[ㄗㄨㄛˋ]為[ㄨㄟˊ]武[ㄨˇ]器[ㄑㄧˋ]。

琉_{ㄌㄧㄡˊ}璃_{ㄌㄧˊ}

　　琉_{ㄌㄧㄡˊ}璃_{ㄌㄧˊ}是_{ㄕˋ}一_ㄧ隻_ㄓ身_{ㄕㄣ}材_{ㄘㄞˊ}苗_{ㄇㄧㄠˊ}條_{ㄊㄧㄠˊ}、貌_{ㄇㄠˋ}美_{ㄇㄟˇ}如_{ㄖㄨˊ}花_{ㄏㄨㄚ}、冷_{ㄌㄥˇ}若_{ㄖㄨㄛˋ}冰_{ㄅㄧㄥ}霜_{ㄕㄨㄤ}、能_{ㄋㄥˊ}力_{ㄌㄧˋ}極_{ㄐㄧˊ}強_{ㄑㄧㄤˊ}，遇_{ㄩˋ}到_{ㄉㄠˋ}再_{ㄗㄞˋ}大_{ㄉㄚˋ}的_{ㄉㄜ˙}困_{ㄎㄨㄣˋ}難_{ㄋㄢˊ}也_{ㄧㄝˇ}不_{ㄅㄨˋ}會_{ㄏㄨㄟˋ}退_{ㄊㄨㄟˋ}縮_{ㄙㄨㄛ}的_{ㄉㄜ˙}橘_{ㄐㄩˊ}貓_{ㄇㄠ}。外_{ㄨㄞˋ}冷_{ㄌㄥˇ}內_{ㄋㄟˋ}熱_{ㄖㄜˋ}的_{ㄉㄜ˙}她_{ㄊㄚ}無_{ㄨˊ}法_{ㄈㄚˇ}抵_{ㄉㄧˇ}擋_{ㄉㄤˇ}小_{ㄒㄧㄠˇ}動_{ㄉㄨㄥˋ}物_{ㄨˋ}散_{ㄙㄢˋ}發_{ㄈㄚ}出_{ㄔㄨ}來_{ㄌㄞˊ}的_{ㄉㄜ˙}萌_{ㄇㄥˊ}系_{ㄒㄧˋ}光_{ㄍㄨㄤ}波_{ㄅㄛ}，只_{ㄓˇ}要_{ㄧㄠˋ}看_{ㄎㄢˋ}到_{ㄉㄠˋ}受_{ㄕㄡˋ}傷_{ㄕㄤ}的_{ㄉㄜ˙}小_{ㄒㄧㄠˇ}動_{ㄉㄨㄥˋ}物_{ㄨˋ}，她_{ㄊㄚ}一_ㄧ定_{ㄉㄧㄥˋ}會_{ㄏㄨㄟˋ}救_{ㄐㄧㄡˋ}助_{ㄓㄨˋ}。不_{ㄅㄨˊ}過_{ㄍㄨㄛˋ}她_{ㄊㄚ}也_{ㄧㄝˇ}有_{ㄧㄡˇ}迷_{ㄇㄧˊ}糊_{ㄏㄨˊ}的_{ㄉㄜ˙}一_ㄧ面_{ㄇㄧㄢˋ}，比_{ㄅㄧˇ}如_{ㄖㄨˊ}是_{ㄕˋ}個_{ㄍㄜˋ}路_{ㄌㄨˋ}痴_ㄔ……

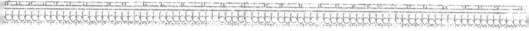

西Ⅰ山ㄕㄢ

西Ⅰ山ㄕㄢ是ㄕ一名ㄇㄧㄥ學ㄒㄩㄝ者ㄓㄜ，致ㄓ力ㄌㄧ於ㄩ科ㄎㄜ技ㄐㄧ與ㄩ發ㄈㄚ明ㄇㄧㄥ，對ㄉㄨㄟ故ㄍㄨ宮ㄍㄨㄥ的ㄉㄜ一切ㄑㄧㄝ都ㄉㄡ如ㄖㄨ數ㄕㄨ家ㄐㄧㄚ珍ㄓㄣ。他ㄊㄚ很ㄏㄣ喜ㄒㄧ歡ㄏㄨㄢ和ㄏㄜ晚ㄨㄢ輩ㄅㄟ貓ㄇㄠ貓ㄇㄠ們ㄇㄣ交ㄐㄧㄠ流ㄌㄧㄡ，經ㄐㄧㄥ常ㄔㄤ耐ㄋㄞ心ㄒㄧㄣ的ㄉㄜ講ㄐㄧㄤ歷ㄌㄧ史ㄕ故ㄍㄨ事ㄕ給ㄍㄟ他ㄊㄚ們ㄇㄣ聽ㄊㄧㄥ，也ㄧㄝ喜ㄒㄧ歡ㄏㄨㄢ從ㄘㄨㄥ他ㄊㄚ們ㄇㄣ那ㄋㄚ裡ㄌㄧ了ㄌㄧㄠ解ㄐㄧㄝ現ㄒㄧㄢ在ㄗㄞ流ㄌㄧㄡ行ㄒㄧㄥ的ㄉㄜ事ㄕ物ㄨ。

日暮

　　日暮是一隻體型中等偏胖的狸花貓，身體非常健康。年輕時的日暮對古蹟、文物等很感興趣，但不受拘束的性格與愛好自由的天性，讓他在很長一段時間內不斷嘗試新事物，卻找不到貓生努力的方向。直到遇見當時也還年輕的西山，加入考察團後，日暮從此一展所長，現為貓兒房事務所最強的外援。

目　錄

第一章

吃飽才有力氣工作

宮貓通常都是在故宮內的餐廳用餐，貓兒房事務所的成員們也不例外。

尺玉、釉子、石鼓和西山圍坐在一張餐桌旁，面前都擺放了一份餐點。其中，又以尺玉的最為豐盛：一碗淋上滷汁的飯、一條紅燒鯉魚、一根切片的飛魚卵香腸、一顆煙燻溏心蛋、三隻清

蒸河蝦、一團涼拌貓草，以及一碗蛤蜊豆腐湯。

如果只論食量，尺玉是比不上石鼓的，但石鼓吃得雖多，卻懶得搭配與品嘗食物，例如現在，他的餐點就只有一顆比一顆大的魚鬆餡粽子。對石鼓來說，吃飯只要能填飽肚子就夠了。

至於為了身材而常吃減脂餐的釉子，和為了養生而崇尚清淡飲食的西山，在尺玉眼裡，簡直就像在絕食。

尺玉左手托著碗，右手中的筷子來回飛舞，有如在美食的海洋裡盡情衝浪。偶爾沾上鬍鬚的醬汁，也會被他及時舔掉，絲毫不浪費。才開動沒多久，動作迅

速的尺玉遙遙領先夥伴，已經吃得差不多，準備再來一碗了。

「尺玉，我活到這個歲數，身體還算健康，祕訣之一就是吃飯要細嚼慢嚥。」西山一邊慢條斯理的用餐，一邊提醒。

「我餓壞了！」尺玉根本停不下來。「最近工作又多又忙，整天就等著吃這頓飯，當然要『吃飽吃滿』。」

「吃相真難看，讓貓倒胃口！」石鼓嫌棄的搖搖頭，將剩餘的粽子一鼓作氣倒進嘴裡。

「老哥，你的吃相也沒有多好！說過幾次了，狼吞虎嚥很傷腸胃！」釉子無奈的說著。

「也罷，吃飽才有力氣工

作，喵呵呵！」西山打了圓場。

一位頭戴廚師帽、身材圓滾滾的橘貓走了過來。「今天的飯菜還合胃口吧？來，這是我請你們吃的。」廚師貓阿炊放下一碗魚丸。

尺玉飛快夾了一顆魚丸放入口中，吃得眉開眼笑。

「雖然釉子小姐和西山先生吃得優雅從容，令貓賞心悅目，但作為廚師，我們還是更喜歡吃魚先生與石鼓先生的豪邁吃相。」阿炊由衷的說。

「別算上我，我也是以優雅著稱的。」石鼓邊說邊剔牙縫。

尺玉才不在乎自己的吃相被怎麼評價，見夥伴們對魚丸不感

興趣，直接一掃而空，然後摸著圓鼓鼓的肚皮讚嘆：「當宮貓的樂趣之一，就是每天都有御膳吃。」

「吃魚先生過獎了，雖然我也對自己的手藝有信心，但這些還不配叫做御膳。」阿炊趕忙說。

「這些不是御膳？」尺玉指著餐廳的招牌質疑，招牌上寫著：御膳房。

「取這個名字只是為了氣氛嘛……」

尺玉有些失望，但迅速燃起更熱烈的渴望。「不是御膳就這麼好吃，那認真做一頓御膳還得了！光想就口水直流，什麼時候

能做頓御膳給我們吃？」

「這……」阿炊尷尬的不知如何回應，恰好此時廚房裡有貓在喊他，於是連忙說：「我先去忙了，御膳的事，有機會再說吧！」

尺玉依依不捨的目送阿炊離去，旁邊的石鼓開玩笑說：「不是才吃飽嗎？你這麼快就惦記下一餐了。」

釉子也笑著說：「尺玉哥哥這麼瘦，卻很愛吃呢！怪不得平常就小魚乾不離手。」

「愛吃有什麼不對！」尺玉摸摸鼓起來的肚皮，用遺憾的語氣說：「其實我一直以為，加入貓兒房事務所後，會有一個盛大

的歡迎會，能趁機狂吃御膳呢！」

西山用熱毛巾擦了擦嘴巴和鬍子。「尺玉的心願會有實現的一天，現在，我們先回去幫客戶實現心願吧！」

「又有新委託了？」釉子苦笑。「最近真的是旺季，工作增加好多，都快忙不過來了。」

「所以，我們更應該優先實現這個心願。」西山解釋：「因為委託貓希望能成為我們的同事。」

「什麼！」三隻年輕貓異口同聲的喊了出來。

第二章

新成員申請加入

　　這陣子，貓兒房事務所真的很忙。

　　在西山的策劃下，年輕的京劇團體「福祿壽」獲得了更多的演出機會，星途看好。而那三位貓女孩飲水思源，總是在各種場合提到可靠的貓兒房事務所。

　　在平原國，貓兒房事務所本來名氣就不小，現在因為明星的

推薦，更是迎來了高峰期，大量心願委託如雪片般飛來，大家忙得不可開交。以至於石鼓都對尺玉說：「你不是最喜歡搶任務嗎？我們不和你爭了，全都讓給你。」過去丟臉的歷史被翻出來的尺玉聽了，紅著臉從如意樹上摘下一堆葉子，硬塞進石鼓懷裡。

　　忙不過來的時候，大家也討論過是否應該招募新成員，尺玉的意見是：「招募就招募，但是像我這麼優秀的貓，不是隨便就能遇到的。」

　　石鼓聽完，不以為然的說：「你是怕被新貓比下去吧！」

　　結果招募廣告還沒貼出，一

封毛遂自薦的求職信便以一心願委託的形式寄來了。

「琉璃，女，申請加入。」貓兒房事務所的辦公室內，西山念出應徵者寄來的信。

「是位小姐嗎？太棒了，我們這裡陽盛陰衰的局面終於要改寫了！」釉子興奮的在原地轉了個圈。

「不管來的是誰，我妹妹都是最可愛的女孩。」石鼓很肯定的說。

「你們別打岔。西山老師，再念其他資料。」尺玉催促。

「沒了，剛才念的就是全部內容。」西山兩手一攤。「來信惜字如金，只寫了一點點。」

「聽起來不是很有誠意。」尺玉的雙臂在胸前交叉，不滿意的說。

「你也就早來了幾天，裝什麼前輩啊！」石鼓搖頭。

「我約她今天下午來面試。」西山說：「要成為我們的一員，不是寄來應徵信就好，從這個角度來看，言簡意賅確實很有效率。」

「讓我來秤秤她有多少斤兩。」尺玉雙手插腰，風範好似一代宗師。

「我就說你沒有資格裝前輩了！」石鼓再次搖頭。

此時，一個身影出現在辦公室的門口。

　　眾貓都安靜下來，目光集中到來客身上。

　　她是一位擁有淡金毛色，腿長腰細的美麗貓小姐，只是站在那裡，就令貓移不開視線。但未施脂粉的她面無表情，甚至自帶拒貓於千里之外的氣勢。

　　「琉璃。」

　　面對貓兒房事務所全員的注視，她吐出了這兩個字。過了好一會兒，西山才率先回神。「歡迎，你是來應徵的小姐吧！」

　　「哇！是位大美女！」釉子眼中有星星在閃耀，她衝上前去，拉起琉璃的手。「我叫做釉子，很高興認識你。」

　　冷豔的琉璃面露一絲溫柔，

好似冰河融化，並且對釉子點了點頭。

「乍看還以為這位小姐有點難相處，原來是錯覺。」石鼓對尺玉說。在他心中，不管是白貓或黑貓，對妹妹釉子和善的就是好貓。

「我覺得不是錯覺。」尺玉小聲的說：「因為她不看小釉子的時候，依舊冷若冰霜。」

「幸會，琉璃小姐。」西山和藹的打招呼。「希望我們有幸與你共事，但這份工作並不簡單，所以需要進行入職測試。」

琉璃點頭，然後亮出一張寫有「宮貓認證」的合格證書，落款處還有醒目的官方蓋章。

　　貓兒房事務所的眾貓圍上前察看，釉子隨即驚呼：「原來琉璃姐姐已經通過宮貓測試了！你考了幾次呀？」

　　琉璃平靜的伸出一根手指。

　　「好厲害！當年我在測試中的黑色大盒子裡，奮鬥了好幾次才過關呢！」釉子看向琉璃的目光更加欽佩了。

　　尺玉有些不以為然。「要加入貓兒房事務所，一定得先擁有宮貓資格，我們每隻貓都有啊！想當初我也是兩三下就……」

　　石鼓及時打斷了尺玉的自吹自擂。「大家都知道你是菁英中的菁英，尤其是臉皮的厚度，誰也比不上你！」

　　琉璃看了尺玉一眼，讓他突然感覺有點尷尬。

　　西山推了推眼鏡。「既然琉璃小姐已經擁有宮貓資格，那我們就直接進入貓兒房事務所的考核環節吧！」

　　琉璃微微仰起臉，一副嚴陣以待的模樣。

　　西山出題：「請問你為什麼想加入貓兒房事務所？」

　　琉璃道：「錢。」

　　氣氛頓時凍結，尺玉忍不住再次確認：「錢？金錢的錢？」

　　琉璃小幅度的點了點頭。

　　「你知道貓兒房事務所的宗旨是實現客戶的心願嗎？」尺玉難以置信。「而你想加入我們的

原因，只是為了賺錢！」

琉璃依舊面無表情，但尺玉卻隱約從她臉上讀出「那又如何」的想法。

「為了錢而工作也太現實了，這樣真的適合加入貓兒房事務所嗎？」石鼓一邊自言自語，一邊思考。

「我認為實話實說很好。」釉子對琉璃的印象相當不錯。

「我同意小釉子的想法。」西山道：「要編造一個崇高的理由並不難，坦誠告知才是最可貴的，況且工作後領取酬勞本來就合情合理。」

尺玉還是難以理解。「你們說得也沒錯，不過貓各有志，像

我加入貓兒房事務所後，一心只想幫助客戶，從來不在乎錢。」

琉璃沒有理他。

西山說：「那我接著問了。以下題目與我們的工作有關，請憑直覺告訴我，你會如何處理這類心願。」

「等等，不先問問她要錢做什麼嗎？」尺玉忍不住插嘴：「而且我們也不清楚她的來歷，這些都得問個明白吧！」

「尺玉哥哥，你的問題有點侵犯隱私。」釉子嚴肅的說：「貓兒房事務所看的是本領、品行與決心。我們邀請尺玉哥哥的時候，也沒有過問你的來歷呀！何況能通過宮貓測試的貓，在道

德方面不會有問題。」

琉璃又面無表情的看了尺玉一眼，尺玉感覺自己像被取笑了。

「一位成績不佳又沉迷於幻想的少年，希望我們幫他離家出走。」西山開始出題：「請問我們應該接這個委託嗎？」

尺玉有些得意的想著：這不就是貓小渣的心願委託嗎？這是我執行過最完美的任務呢！

琉璃開口了：「接。」

「如果你覺得我們應該幫他離家出走，那就大錯特錯了，因為這種做法治標不治本。」尺玉搖搖頭。「你想知道我會怎麼做嗎？」

　　琉璃像是沒聽見尺玉的話一樣，開口補充：「荒野求生，讓他吃苦，學會珍惜。」

　　「這是個不錯的辦法。」西山認可這個答案。原本準備侃侃而談的尺玉見狀，只能識趣的閉上嘴巴。

　　「我再問一題。」西山十指交叉。「三位貓女孩組團出道，其中一位認為自己在比賽時拖累大家，因此一蹶不振，我們該如何幫助她重拾信心？」

　　尺玉再次蠢蠢欲動，因為這也是他完成的任務啊！

　　琉璃冷冷的說：「不管她。」

　　尺玉不敢相信自己的耳朵，

忍不住回道：「怎麼能不管？她明明那麼喜歡京劇！」

琉璃不知第幾次無視尺玉了，甚至微微側了身子，不讓自己的視線餘光看到他。

「那她自會痊癒。」琉璃平靜的說：「不必勉強。」

「好像也沒錯。」石鼓點點頭。「真正熱愛的事物是不可能輕易放棄的。」

尺玉想反駁，卻不知從何說起。

「好的，我對琉璃小姐已經有了初步的認識，口試通過了。」西山說。

「通過了？」尺玉情緒激動的抗議。「為什麼？」

　　「一樣的題目會有不同的解決方法，這不像功夫，能一目了然的分出高低。」西山解釋。

　　尺玉「哼」了一聲，還是不服氣。

　　「說到功夫……」西山說：「琉璃小姐方便小露身手嗎？」

　　琉璃用行動來回答，她立刻擺開架式，蓄勢待發。

　　「要打一場嗎？我奉陪。」尺玉抽出背上的紅傘。

　　「臭魚乾，你今天話真多。」石鼓將手中的錫杖往地上一敲。「既然你動了嘴，那就由我來動身體吧！」

　　「你們要和女孩子動手嗎？」釉子不滿的出聲制止石鼓

和尺玉。

石鼓乖巧的收起錫杖並迅速坐下。尺玉仍舊嘴硬道：「切磋而已。她要是加入我們，總會有需要和男生較量的時候吧！」

琉璃對著尺玉微抬下巴，表現出歡迎他賜教的意思。

但釉子搶先橫在他們中間。「琉璃姐姐，我來跟你比劃吧！我們點到為止。」

釉子將臂彎間的披帛垂下，並抓在手中，剎那間揮舞得如同急速旋轉中的風車。

見這名少女展現出驚人的臂力，琉璃流露出一絲驚奇。

「琉璃姐姐，我要進攻囉！」釉子的雙手齊揮，兩條披

帛便像雙龍搶珠般，凌厲的朝琉璃攻去。

眾貓皆看向琉璃，緊張的等待她如何化解這招，因為大家都知道：釉子的「超大力」，絕對不能硬接！

忽然間，大家有如集體眼花——琉璃不見了！像是一縷輕煙、一道影子那樣消失無蹤。

釉子的「雙龍」失去了目標，左右纏繞在一起。她正納悶著，一隻手突然從後方按住她的頭頂。

是琉璃！她神出鬼沒的出現在釉子身後。那隻手雖然不具任何威脅性，卻證明如果她有心攻擊，釉子已經遭殃了。

展示完本領後，琉璃立刻收手，從容的拉開自己與釉子的距離，用這個行為無聲的詢問：這樣夠了嗎？

「哇！」釉子鬆了一口氣，額頭在不知不覺間因為害怕而冒出冷汗。「琉璃姐姐，你好厲害！」

「你什麼時候溜到我妹妹身後的？我都沒看見。」石鼓揉了揉他那雙因為臉太大而顯得格外小的眼睛。

「天下武功，唯快不破。」尺玉像發現線索的偵探一樣指著琉璃。「你是用極快的步伐辦到的，我沒說錯吧！」

琉璃始終沉默，不參與眾貓

的討論。

「真是大開眼界，你不介意我分析一下吧？」西山抬頭看了一眼位於角落的防盜攝影機，用電腦調出監控的影片。

除了琉璃，其他貓都圍到螢幕旁觀看。

鏡頭忠實記錄了剛才的影像：在釉子出手的瞬間，琉璃靈活的躲開了，但沒有特別快，至少在動作敏捷的尺玉看來，不是什麼了不起的速度。

重點是接下來，琉璃的動作非常乾淨俐落，沒有絲毫多餘步驟，就像她說話與行事的風格。她只是繞過「雙龍」來到釉子身後，大家的視線卻沒有跟過去。

「妖術！」尺玉率先大叫：「我明白了，你就是傳說中的八尾妖貓！」

雖然琉璃對大家的態度一視同「冷」，但面對尺玉，她還是忍不住流露出「你真的很吵」的神情。

「平原國歷史悠久，古武術博大精深。」西山習慣性的摸著鬍鬚。「琉璃小姐當時似乎屏住了氣息？我記得有一門叫做『隱行』的功夫，就是透過屏住氣息，在短時間內降低自己的存在感，以逼近目標。個性越是低調、冷靜，越能把這招運用得當。」

琉璃不語，似乎是默認了西

山的判斷。

釉子對琉璃的態度從最初的「我終於要有姐妹了」，到「她好美、好酷，我好喜歡」，再到現在幾乎是崇拜了。連石鼓也嘖嘖稱奇。

只剩尺玉在雞蛋裡挑骨頭。「聽說『隱行』這門功夫，最常被竊賊、刺客、間諜之類的貓使用。」

石鼓拍拍尺玉的肩膀。「臭魚乾，你的嫉妒快滿出來了。」

「我嫉妒？」尺玉氣得大叫：「我為什麼要嫉妒？」

「因為她比你厲害。『吃魚先生粉絲俱樂部』的成員要集體叛變了！」難得有機會取笑尺

玉，石鼓火力全開。

禁不起刺激的尺玉對琉璃提出挑戰：「跟我過兩招，讓我領教『隱行』的厲害！」

琉璃擺出「你要戰，我便戰」的架式。

「尺玉，功夫考核可不是擂臺賽。」西山輕咳兩聲。「如果要以戰鬥力決定有沒有資格加入貓兒房事務所，那第一個被淘汰的必然是老頭子我。」

尺玉難為情的收起與琉璃過招的念頭。「那她成為貓兒房事務所的成員了？」

「還有最後一項考核。」西山說：「我想請琉璃小姐完成一樁心願任務，以此當作實習。」

　　釉子很積極的說：「我去幫琉璃姐姐採一片綠葉。」

　　西山搖搖頭，內心早有想法：「不，這次的題目，我想交給尺玉出。」

　　聞言，琉璃和尺玉對視的目光中，劈里啪啦的產生了較勁的火花。

　　「尺玉有什麼心願，不妨告知琉璃小姐。」西山抿嘴笑道：「尺玉對這次招募最為熱心，琉璃小姐如果能通過他的考驗，就百分之百有資格加入我們了。」

　　「哈哈！」尺玉摩拳擦掌。「放心，題目一定超 —— 級 —— 難！要打退堂鼓就趁現在！」

　　琉璃冷漠的看著他。

　　大家都在等待尺玉出題，受到注目的他反而腦袋一片空白，一時之間什麼也說不出來。「事關重大，我要仔細想想。」

　　「那麼，二位不如一起外出走走，也許就會有靈感。」西山提議：「琉璃小姐難得來故宮一趟，無論大家以後是否共事，這裡都是個值得逛逛的好地方。」

　　尺玉本想展現自己豐富的故宮知識，沒想到琉璃獨自向門外走去，他只好趕緊跟上。

　　石鼓兄妹看向西山，總覺得他的臉上寫著四個字：煽風點火。

第三章

琉璃小姐

「如果琉璃姐姐能加入貓兒房事務所就好了。」釉子趴在由一截樹根改造而成的茶几旁，雙手托腮，兩腳來回晃動。

「小釉子真的很喜歡琉璃小姐呢！」西山和藹的笑著。

「當然呀！她不僅能力好，還長得那麼美。」釉子認真的說：「我好羨慕她喔！」

石鼓說：「只要臭魚乾沒有太刁難她，我們應該能得到一位強力幫手。」

釉子不滿的嘟起嘴。「西山爺爺，你明知道尺玉哥哥與琉璃姐姐不合，為什麼還要讓他們一起逛故宮？」

「如果今後我們是一個團隊，關係不和睦將會是個隱憂，所以從一開始就該克服。」西山解釋：「尺玉經歷了很多考驗，才能在貓兒房事務所站穩腳跟。當他面對琉璃小姐這種挑不出毛病的『天之驕女』時容易激發好勝心，也算是競爭意識作祟吧！不過琉璃小姐雖然出色，不善溝通卻是她的弱點。兩位還有進步

空間的成員在一起，或許能有互補的效果，喵呵呵！」

「不愧是老爺子，真是老謀深算啊！」石鼓讚嘆道：「你們說，臭魚乾和女神現在相處得如何呢？」

相處得如何？一路無語。

尺玉和琉璃都有出眾的外貌與氣質，走在一起時有如明星般，吸引路貓的目光。然而，路上碰到的貓都不會覺得他們認識，因為不論言語或眼神，二貓絲毫沒有任何交集。

尺玉有些尷尬，他嘗試和琉璃說些無關緊要的話，像是「你看那隻貓多黑」、「你看那片地

多溼」等，換來的卻是冷冷的目光。尺玉心想：算了，還是放棄培養感情的想法，先想想我有什麼心願要讓她幫忙實現。不能太難，那樣是刁難人家，也不能太簡單，這樣才能讓她知道貓兒房事務所沒那麼好混……

尺玉邊走邊想，忽然發現琉璃不見了，回頭一找，只見她停在後方，抬頭看著紅牆黃瓦上的一排脊獸。陽光恰好灑落在琉璃的臉上，竟泛起難得一見的柔情，儘管她的神情依舊冷漠，卻讓人移不開眼睛。

尺玉入神的看了兩秒，然後想起他們此行的目的，才出聲打斷：「哈囉？」

　　琉璃放鬆的神色因為尺玉的聲音而迅速收起，尺玉開玩笑的說：「琉璃看琉璃，沒想到你能露出那種表情！」

　　琉璃面頰染上微微的紅暈，對她而言，這是平常不會輕易出現的害羞模樣。

　　「我不笑你了。」尺玉擺擺手，突然間，他靈機一動的問：「如果我的心願是要看你笑口常開，你能做到嗎？」

　　琉璃的臉色沉下來。

　　「或者希望你每次說話都不少於三句，不對，好像少了點，三十句好了。」

　　琉璃聽完，轉身就走。

　　「你要去哪裡？」尺玉一

愣。「剛才說的只是玩笑話，我想緩和一下氣氛啦！」

琉璃置之不理，尺玉在後面喊叫：「沒必要這麼小氣吧！好像我故意找你麻煩似的，你難道不想加入我們嗎？」

琉璃冷冷的說：「是不是玩笑話，不是由你來判斷。」

看來自己真的惹琉璃生氣了，尺玉有點後悔，正想道歉，卻看到警衛貓展堂迎面而來。展堂揮手道：「吃魚先生好。」他又看了看琉璃。「這位是你的女朋友嗎？」

「不是！魚乾可以亂吃，話不可以亂講！」尺玉大驚失色的否認。

「原來如此，不好意思。其實大家也八卦過你和釉子小姐的關係。」

「你們是想死在臭石頭手上，還是希望我死在他手上？」

道別展堂後，尺玉才發現這麼一耽誤，琉璃居然不見了。

尺玉往前跑了一段路，但是沒找到琉璃，雖然知道她的動作很快，卻沒想到竟然這麼快。

於是，尺玉直接往神武門奔去，那是離開故宮的必經之地，跑得快些，一定能在那裡見到琉璃。

但他還是撲了個空。

尺玉疑惑不已，他心想：琉璃到底是離開了，或是還沒經過

這裡？

　　這時，他發現神武門外的廣場上聚集著一群小貓，不斷朝故宮內張望，似乎在等待誰。

　　尺玉向他們走去。「你們在這裡待很久了嗎？」

　　小貓們聞言，紛紛點頭。

　　「那麼，有沒有看到一位小姐？」尺玉問。

　　「什麼樣的小姐？」一隻小狸花貓反問尺玉。

　　「這個……」尺玉被迫形容琉璃的外形，如果說得不精準，可能就找不到她。如果要說得很精準，就不得不強調琉璃的美貌，這讓他感覺自己像個怪貓，真是左右為難……

不等尺玉開口，一隻小黑貓就用朗誦詩詞的口吻問：「難道是一位長相沉魚落雁、個性酷炫帥氣的大美女？」

又一隻小三花貓迫不及待問道：「你找的是琉璃姐姐吧？」

尺玉這才發現，這些小貓都是衝著琉璃來的。他們說起琉璃的時候，神情既興奮又崇拜，難道都是她的粉絲？

「對，她有到這裡來嗎？」尺玉問。

「沒有，琉璃姐姐去參加貓兒房事務所的面試，說要成為一名宮貓，她一定可以的！」小三花貓有把握的說。

「你是宮貓嗎？你找琉璃姐姐有什麼事？」一隻小灰貓歪著頭問。

尺玉自豪的挺起胸膛。「我不但是宮貓，還是貓兒房事務所的菁英呢！」

「喵！那你應該見過琉璃姐姐了，她超棒的，對吧？」小黑貓的雙眼發光。

「還可以啦……」尺玉有些心不甘情不願的說。

　　小狸花貓挑了挑眉毛，問：
「你們讓她加入了嗎？」

　　「沒那麼容易，她得通過所有考驗才能加入，貓兒房事務所很嚴格的，而由我把守的最後一關最難。」尺玉裝模作樣的說。

　　「既然琉璃姐姐在考試，那你為什麼要出來找她？」有小貓發現了問題。

　　「因為我暫時想不到題目，就先和她出來走走，然後……」原本對答如流的尺玉在這裡卡住。「就……走散了。」

　　尺玉發現小貓們盯著他的眼神瞬間變得不友善。

　　「你把琉璃姐姐弄丟了？」

　　「你是不是不喜歡琉璃姐

姐？她明明那麼優秀！」

「難道你是故意刁難琉璃姐姐，只為了不讓她過關？」

尺玉被質疑得有點不高興，大聲道：「你們以為貓兒房事務所是什麼地方？我怎麼可能會做那種事！倒是你們的琉璃姐姐，應該改改她的壞脾氣。」

此話一出，便犯了眾怒，所有小貓都瞪著尺玉，甚至有一隻小貓撿起地上的小樹枝，凶巴巴的說：「你把話說清楚……」

其他小貓也紛紛摩拳擦掌，有的舔了舔手心，把腦袋上的毛梳得根根筆直；有的亮出爪子，在地上磨了又磨……

「別亂來！」尺玉把手放在

紅傘上。「當然，你們非要亂來，我也不介意。」

就在雙方互不相讓之際，幾名貓女孩焦急的制止雙方，她們有的攔住尺玉，有的對著「琉璃後援會」跳腳。「你們不能這樣！你們這樣怎麼對得起琉璃姐姐？」

琉璃抬頭看著屋簷一角，十隻脊獸威風凜凜的站在那裡。

琉璃記得她和尺玉分開前，也在觀望這些有趣的小東西，不過那時看到的好像是單數。琉璃心想：是七隻還是九隻？我想不起來了。但現在看到的卻有十隻，是我記錯了，還是……

　　琉璃左顧右盼，每棟建築在她看來都一模一樣，無法判斷哪條路走過或沒走過。撇下尺玉時，她明明記得自己是筆直前進，可是不知道怎麼回事，就拐到了不在預期內的地方，到底是哪裡出錯了？

　　琉璃苦惱的皺起眉頭，想著：故宮實在太大了，我能趕在天黑前離開嗎？

　　其實，周圍來往的貓數量不少，只要開口求助，就能被指引到正確的路線，但這麼簡單的事，對琉璃來說卻很困難。有一次，她攔下一隻貓想詢問，可是等她好不容易開口，人家早就因為不耐煩而離去了。又一次，她

直接先擋住對方的去路，結果還沒發問，對方就誤解了她那嚴肅表情所代表的含義，迅速交出錢包後落荒而逃。

琉璃在一隻石獅子的基座旁坐下來，一手托著頭，思考著對策。

「請問你是琉璃小姐嗎？」

琉璃抬頭，看到一位樣貌老實、頭戴白帽且身材圓滾滾的橘貓，原來是廚師貓阿炊。他說：「就是你吧！走，我帶你回貓兒房事務所。」

琉璃看著阿炊，神情疑惑又警惕。

「我叫做阿炊，在故宮的餐廳工作，是貓兒房事務所成員們

的好朋友。」阿炊自我介紹。「吃魚先生知道你迷路了，於是使用宮貓之間的通訊廣播，請大家幫忙找你，我比較幸運，第一個發現你。」

阿炊拿出一個鈴鐺，一按開關，鈴鐺便傳出尺玉的聲音：「這位叫做琉璃的小姐有些不善言辭，可能會讓你們覺得她很凶，但她其實正直又善良，你們千萬別介意。另外，她馬上就是我們貓兒房事務所的新成員了。」

「就是這樣。」阿炊關掉通訊鈴。「我帶你回貓兒房事務所吧！」

琉璃卻一動也不動。「怎麼

了？」阿炊抓抓頭。「我想起來了，展堂說過，你和吃魚先生之間好像有點不愉快。不管是出於什麼原因，都請別放在心上。吃魚先生的個性不壞，聽說他獨自一貓流浪多年，在來故宮之前沒什麼朋友，所以不太懂貓情世故，有時候會表現得──那個形容詞是什麼？對了，是『傲嬌』！不過我可以保證，吃魚先生是位很棒的宮貓，自從他加入貓兒房事務所後，不知道幫多少貓實現心願了。」

琉璃還是沒有反應，阿炊甚至不確定她有沒有聽進去，這讓他有些氣餒，甚至想帶琉璃離開故宮算了。

「請帶路。」

阿炊睜大眼睛，因為琉璃安靜了太久，簡直讓貓不敢相信那句話是她說的。看到阿炊這個反應，琉璃的臉微微一紅，又吐出兩個字：「謝謝。」

阿炊大笑起來。「吃魚先生說得沒錯，琉璃小姐的本質很善良。你現在這個表情，有誰會覺得凶呢？」

琉璃這才發現，此刻的自己感到前所未有的平和與安心。

他們一同前往貓兒房事務所，健談的阿炊一路上說著各種趣事，琉璃沉默的聽著、想著。

「他……」突然間，琉璃問道：「有什麼心願？」

「誰？」阿炊一頭霧水。

琉璃簡潔道：「傘。」

「喔！吃魚先生。」阿炊托著下巴。「我還真不知道他的心願。不過他喜歡吃東西，很想吃一頓御膳，就像今天中午……」

琉璃忽然道：「請教我。」

「什麼？」

琉璃目光堅定，此時無須言語，阿炊也明白了她的心意。

當貓兒房事務所的成員們耐心等待新成員回來時，琉璃被阿炊帶去了文淵閣，這裡是故宮內的皇家藏書樓，內容艱深或題材嚴肅的典籍成千上萬，現在則作為宮貓們的圖書館，書籍種類比

以前更豐富。

「這裡是西山先生最喜歡來的地方，不過我很少來。」阿炊介紹道：「我很會做家常菜，但沒做過御膳，之前吃魚先生提出想吃時，我就想著有空要來這裡翻食譜，沒想到就是今天。」

琉璃注視著書架上有新有舊的典籍。

「御膳不只一道菜，它應有盡有，我們不可能全部做完，不如分頭找食譜，你對哪道料理感興趣，就拿來給我看吧！」阿炊提議。

琉璃點點頭，開始瀏覽眼前的典籍。

她先翻開一本書，上面記載

的御膳名為「文思豆腐」：

　　挑選細嫩的南豆腐，切成髮絲般粗細，放入滾水中燙熟。將南豆腐佐以火腿、香菇等同樣切成絲的配料，最後用鮮雞湯調味即可。完成後可見碗中白、紅、黑三絲四散漂浮，宛若以潑墨手法繪製而成的山水畫。

　　她又翻開一本書，找到一道「荷包裡脊」：

　　將裡脊肉、筍乾、香菇等汆燙後切丁，加入烹飪用酒與味精，拌勻成餡。雞蛋加入太白粉和鹽攪勻，在鍋中倒油加熱後，將其注入並攤成皮。把備好的餡料填入蛋皮中，折成荷包的樣子，大火下鍋二至三分鐘，成形後撈出。成

品因形似王公大臣隨身佩戴的荷包而得名。

　　琉璃翻閱了一本又一本書，搜尋並思考哪些是自己有能力完成的菜色，不經意間，她看到了一張貓的照片。

　　她的動作停下來，第一時間以為自己看見了尺玉，但那本書的主題是歷史。那張照片其實是一幅畫像，上面的貓長得很像尺玉，細看卻有些不同——畫像中的貓在眉宇間，有一股王者的氣勢。

　　在貓兒房事務所的辦公室內，尺玉、釉子、石鼓和西山還痴痴的等著琉璃。

　　「喵了個咪」，怎麼還沒回來？」石鼓不耐煩的說：「阿炊不是找到她了嗎？難道是請她吃飯去了？」

　　尺玉說：「說不定她的路痴屬性大爆發，害阿炊也認不得路，那我們可有得等了。」

第三章
琉璃小姐

「等等，路痴？」石鼓驚訝的問：「你說琉璃是個路痴？」

「是啊！如果不是宮外那群小貓說溜了嘴，我也很難相信。」尺玉笑道：「難怪他們聽到我和琉璃走散了，會那麼緊張。」

釉子心情很好的說：「又美又帥的琉璃姐姐是個路痴，這種反差超棒的！尺玉哥哥，你不覺得嗎？」

石鼓酸溜溜道：「我親愛的妹妹，你可真是沒有原則，難道琉璃做什麼都是好的、都是對的？你這就是所謂的『看臉』！」

釉子做了個鬼臉。「才不是呢！是琉璃姐姐本來就有很多優

點ㄉㄧㄢ啊ㄚ！」

「喵ㄇㄧㄠ呵ㄏㄜ呵ㄏㄜ！」西ㄒㄧ山ㄕㄢ笑ㄒㄧㄠ著ㄓㄜ摸ㄇㄛ摸ㄇㄛ鬍ㄏㄨ子ㄗ。「太ㄊㄞ完ㄨㄢ美ㄇㄟ的ㄉㄜ成ㄔㄥ員ㄩㄢ會ㄏㄨㄟ給ㄍㄟ團ㄊㄨㄢ隊ㄉㄨㄟ造ㄗㄠ成ㄔㄥ壓ㄧㄚ力ㄌㄧ，有ㄧㄡ些ㄒㄧㄝ親ㄑㄧㄣ民ㄇㄧㄣ的ㄉㄜ缺ㄑㄩㄝ點ㄉㄧㄢ，的ㄉㄜ確ㄑㄩㄝ顯ㄒㄧㄢ得ㄉㄜ更ㄍㄥ可ㄎㄜ愛ㄞˋ呢ㄋㄜ！」

「你ㄋㄧ們ㄇㄣ怎ㄗㄣ麼ㄇㄜ都ㄉㄡ默ㄇㄛ認ㄖㄣ她ㄊㄚ是ㄕ自ㄗ己ㄐㄧ貓ㄇㄠ了ㄌㄜ？別ㄅㄧㄝ忘ㄨㄤ了ㄌㄜ，我ㄨㄛ還ㄏㄞ沒ㄇㄟ提ㄊㄧ出ㄔㄨ心ㄒㄧㄣ願ㄩㄢ委ㄨㄟ託ㄊㄨㄛ呢ㄋㄜ！」尺ㄔ玉ㄩ故ㄍㄨ意ㄧ說ㄕㄨㄛ。

石ㄕ鼓ㄍㄨ看ㄎㄢ不ㄅㄨ下ㄒㄧㄚ去ㄑㄩ了ㄌㄜ。「臭ㄔㄡ魚ㄩ乾ㄍㄢ，你ㄋㄧ別ㄅㄧㄝ再ㄗㄞ『傲ㄠ嬌ㄐㄧㄠ』了ㄌㄜ，琉ㄌㄧㄡ璃ㄌㄧ是ㄕ隻ㄓ什ㄕㄣ麼ㄇㄜ樣ㄧㄤ的ㄉㄜ貓ㄇㄠ，你ㄋㄧ最ㄗㄨㄟ清ㄑㄧㄥ楚ㄔㄨ了ㄌㄜ吧ㄅㄚ！」

不ㄅㄨ久ㄐㄧㄡ前ㄑㄧㄢ，剛ㄍㄤ和ㄏㄜ尺ㄔ玉ㄩ打ㄉㄚ過ㄍㄨㄛ交ㄐㄧㄠ道ㄉㄠ的ㄉㄜ「琉ㄌㄧㄡ璃ㄌㄧ後ㄏㄡ援ㄩㄢ會ㄏㄨㄟ」成ㄔㄥ員ㄩㄢ，也ㄧㄝ就ㄐㄧㄡ是ㄕ那ㄋㄚ群ㄑㄩㄣ熱ㄖㄜ烈ㄌㄧㄝ支ㄓ持ㄔ琉ㄌㄧㄡ璃ㄌㄧ，甚ㄕㄣ至ㄓ不ㄅㄨ惜ㄒㄧ和ㄏㄜ尺ㄔ玉ㄩ動ㄉㄨㄥ手ㄕㄡ的ㄉㄜ小ㄒㄧㄠ貓ㄇㄠ，其ㄑㄧˊ實ㄕ都ㄉㄡ來ㄌㄞ自ㄗ同ㄊㄨㄥ

一家育幼院。某一年，育幼院因為經費問題，無法再營運下去，眼看即將失去棲身之所時，拯救他們的正是琉璃。

「琉璃姐姐和我們一樣住在育幼院，她不斷的努力，因此練就一身強大的功夫，再四處行俠仗義，超帥的！」

「育幼院裡有許多身體不好的貓，是琉璃姐姐自掏腰包、四處找醫生來治好他們，還教他們怎麼保護和照顧自己。」

「琉璃姐姐不只幫助育幼院的貓，還長期提供生活費給許多老貓或身心障礙貓，她簡直就是天使！」

……

　　尺玉記得小貓們圍著他，你一言、我一語訴說著對琉璃的敬意，那些真情流露的臉龐，他此刻仍歷歷在目，而且完全可以理解，他們為何不允許任何貓小看與冒犯琉璃了。

　　至於琉璃想要錢的原因，也再清楚不過了。連穩重的西山在聽完尺玉轉述的真相後，也感慨道：「這件事再次說明，絕不能只靠印象來判定一隻貓的品行。琉璃小姐看似冷酷，卻有一顆比大多數貓更熾熱的心。」

　　所以現在，誰還會質疑琉璃有沒有資格加入貓兒房事務所呢？大家甚至等不及，希望她快點回來了！

第四章

尺玉的心願

　　終於，阿炊和琉璃的身影出現在貓兒房事務所了。

　　「琉璃姐姐，你終於回來了！」釉子張開雙臂迎上前去。琉璃充滿愛心的事蹟，是讓釉子淪陷的最後一根稻草。

　　琉璃溫柔的摸了摸釉子的頭，並且手法嫻熟的滑到下巴，那裡是貓很喜歡被撫摸的地方，

第四章
尺玉的心願

這讓釉子享受的瞇起眼，充分領教了女神的外冷內熱。

然後，琉璃和尺玉對視。

「是路痴也沒什麼丟貓的，你早點說嘛！」尺玉彆扭的說：「你那些令貓感動的故事，我們也都知道了，真是的……不要一隻貓耍酷啊！」

「正所謂『眾貓同心，其利斷金』，大家同心協力就能產生大力量，做公益的確該和我們分享。」西山和藹的說：「有一些貓兒房事務所的客戶為了感謝我們的幫助，長久以來都有贊助我們的營運。我想，撥出一部分來用於更大的善舉，他們也會很樂意的。」

　　「琉璃姐姐，以後去育幼院記得找我，我很有孩子緣喔！」釉子自告奮勇。

　　「你如果有朋友想找工作，告訴我，我幫他們介紹。」石鼓也提出自己能幫上忙的事。

　　面對夥伴們的熱情，琉璃的臉上終於有了感動的⋯⋯不，琉璃就是琉璃，這種發展終究沒能出現。她神色如常，只是盯著尺玉，很久後才冒出一句：「你的心願。」

　　在場的眾貓都看向尺玉。

　　「你還沒忘記這件事啊？」尺玉抓抓頭。「你在我們不知道的時候，已經幫許多貓實現心願了，經驗非常豐富，哪裡還差我

這一個？ 這樣吧！ 我的心願就是
—— 你能加入貓兒房事務所。 」

釉子正想歡呼， 琉璃卻道：
「 不行。 」

「 為什麼不行？ 」 尺玉差點
暈倒。

琉璃語氣生硬的說： 「 御
膳， 吃嗎？ 」

尺玉有些驚訝。 「 你怎麼知
道我想吃御膳？ 」

在一旁站了好久的阿炊連忙
上前。 「 是我告訴琉璃小姐的。
剛才， 我們一直在餐廳為你準備
驚喜， 這次我們的 『 御膳房 』 真
的要名副其實了！ 」

「 什麼意思？ 」 受寵若驚的
尺玉不知道該做出什麼表情。

　　阿炊誠摯的招手。「各位，一起去享用『宮廷盛宴』吧！」

　　「喵呵呵！我們的確欠尺玉一個歡迎會，既然琉璃小姐親自下廚，我們更要好好品嘗了。」西山微笑。「同時慶祝貓兒房事務所全面升級。」

　　一行貓浩浩蕩蕩來到了餐廳，那裡燈火通明，早該下班的貓廚師們正如火如荼的忙碌著。阿炊解釋：「我和琉璃小姐找到了很多能做出來的食譜，她的熱情喚醒了我曾經有過的御廚夢，我又喚醒了其他同事，於是擇日不如撞日，乾脆就選今天來做傳說中的『御膳』吧！」

　　有個捧著食材經過的廚師貓

附和：「哪個當廚師的宮貓沒做過御廚夢？但是苦無機會和時間。我要謝謝你們貓兒房事務所，順帶實現了我們的心願。」

一道道精緻的菜餚陸續上桌，撲鼻香味與騰騰熱氣，將尺玉他們的心房燻得暖洋洋的，甚至有些溼漉漉的。許多宮貓被香氣吸引而來，一起享用美食，有些貓雖非廚師，也挽起袖子加入烹飪大軍。

昔日高高在上的宮廷菜，現在也飛入了尋常百姓家。到後來，御膳是否正宗，已經不重要了，套句西山的話，那就是：「只要有心，享用的每一餐都可以叫做御膳。」

　　不過， 琉璃還是專門為尺玉做了一道「赤鱗魚」： 以竹刀將魚刮鱗、 剖腹、 去內臟， 洗淨後用水汆燙至熟。 在炒鍋中加入胡椒粉， 再倒入清湯、 鹽、 醬油、花椒、 紹興酒煮滾， 除去浮沫後加醋及薑末， 和魚拌勻即成。 據說這是皇帝舉行祭祀天地的封禪大典時， 不可或缺的佳餚。

　　愛吃魚的尺玉吃得雙眼發光， 琉璃則一聲不吭的看著尺玉大快朵頤， 尺玉明白她想問味道如何， 便一反常態的不吝讚美道：「 好吃， 我從來沒吃過這麼好吃的魚！ 」

　　但尺玉有一句話沒說出口，因為連他自己都覺得有點奇怪。

那句話是：「還有一種懷念的感覺，彷彿我在很久以前吃過似的。」

而琉璃也在同一時間想著：我在書上看到的那隻與尺玉十分相似的貓，他們不知道有沒有關係？

她還記得那隻貓的名字——蚯龍。

貓兒房小知識

見 015 頁

原　文

「吃魚先生過獎了，雖然我也對自己的手藝有信心，但這些還不配叫做御膳。」阿炊趕忙說。

「這些不是御膳？」尺玉指著餐廳的招牌質疑，招牌上寫著：御膳房。

貓兒房小知識

清朝在內務府下設立專門的機構「御茶膳房」，管理皇帝、后妃、其他皇室成員等人員的飲食，以及典禮的筵宴等事宜。御茶膳房的下屬機構有膳房、茶房、肉房與乾肉房。乾隆年間，膳房又有內外之分，其中，內膳房下設立葷局、素局、點心局、飯局、掛爐局等機構，烹調帝后和嬪妃們的日常膳食。

清〈銀裡花梨木雕花食盒〉

中國故宮博物院館藏

見 045 頁

原文

　　尺玉邊走邊想，忽然發現琉璃不見了，回頭一找，只見她停在後方，抬頭看著紅牆黃瓦上的一排脊獸。陽光恰好灑落在琉璃的臉上，竟泛起難得一見的柔情，儘管她的神情依舊冷漠，卻讓人移不開眼睛。

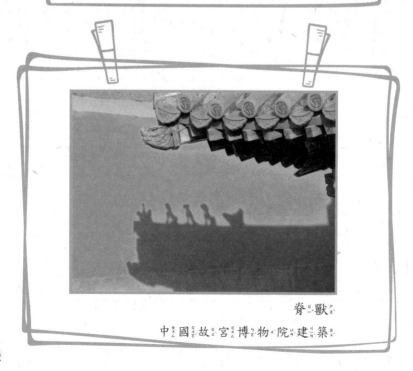

脊獸

中國故宮博物院建築

貓兒房小知識

　　脊獸是中國古代傳統建築中，放置在房屋、宮殿等屋脊上的雕塑作品，由瓦或琉璃瓦製成。在古代神話中，脊獸都是吉祥的化身。根據殿宇的等級，脊獸的數量也不一樣，通常是單數，最多的是在紫禁城最大的宮殿──太和殿，數量也是獨一無二、只有皇帝才能享受「十全十美」的十隻，分布在宮殿兩端，隨瓦片垂下的屋脊上，由下至上依序是：龍、鳳、獅子、天馬、海馬、狻猊、押魚、獬豸、斗牛、行什。

脊獸
中國故宮博物院建築

見 048 頁

原文

於是，尺玉直接往神武門奔去，那是離開故宮的必經之地，跑得快些，一定能在那裡見到琉璃。

貓兒房小知識

神武門是紫禁城的北門，也是皇宮的後門，更是把守宮內人員進出的重要關卡，明清兩朝的皇后要祭祀蠶神嫘祖的「親蠶禮」，即由此門出入。此外，它也是后妃及皇室人員出入皇宮的專用門，清朝每三年舉行一次、目的是為皇帝選擇嬪妃的「八旗選秀」，候選者便由神武門的側門入宮。1924年，清朝末代皇帝溥儀被逐出宮，亦由此門離去。

神ㄕㄣˊ武ㄨˇ門ㄇㄣˊ

中ㄓㄨㄥ國ㄍㄨㄛˊ故ㄍㄨˋ宮ㄍㄨㄥ博ㄅㄛˊ物ㄨˋ院ㄩㄢˋ建ㄐㄧㄢˋ築ㄓㄨˊ

見 060-061 頁

原文

當貓兒房事務所的成員們耐心等待新成員回來時，琉璃被阿炊帶去了文淵閣，這裡是故宮內的皇家藏書樓，內容艱深或題材嚴肅的典籍成千上萬，現在則作為宮貓們的圖書館，書籍種類比以前更豐富。

貓兒房小知識

　　文淵閣為清宮的藏書樓，於乾隆四十一年（1776年）建成。乾隆三十八年，皇帝下令開設「四庫全書館」，編纂《四庫全書》。乾隆三十九年，皇帝再下令興建藏書樓，要在文華殿後方規劃適宜的方位，創建文淵閣，專門收藏《四庫全書》。

　　文淵閣建成後，乾隆皇帝每年都會在此舉行御前聽講經籍的活動。《四庫全書》完成時，乾隆皇帝更在文淵閣設宴，賞賜編纂《四庫全書》的各級官員和參與人士，盛況空前。

文淵閣
中國故宮博物院建築

國家圖書館出版品預行編目（CIP）資料

貓兒房事務所 5 路痴女俠初登場 / 兩色風景作；鄭兆
辰繪 .-- 初版 .-- 新北市：大眾國際書局股份有限公司
大邑文化, 西元 2024.6
88 面；15x21 公分 .-- （魔法學園；16）
ISBN 978-626-7258-77-4（平裝）

859.6   113005570

魔法學園CHH016

貓兒房事務所 5 路痴女俠初登場

作　　　　者	兩色風景
繪　　　　者	鄭兆辰

副　　主　　編	徐淑惠
執　行　編　輯	詹勳薇
封　面　設　計	張雅慧
排　版　公　司	菩薩蠻數位文化有限公司
行　銷　業　務	楊毓群、蔡雯嘉、許予璇
副　總　經　理	楊欣倫

出　版　發　行	大眾國際書局股份有限公司　大邑文化
地　　　　址	22069 新北市板橋區三民路二段 37 號 16 樓之 1
電　　　　話	02-2961-5808（代表號）
傳　　　　真	02-2961-6488
信　　　　箱	service@popularworld.com
大邑文化FB粉絲團	http://www.facebook.com/polispresstw

總　　經　　銷	聯合發行股份有限公司
	電話　02-2917-8022　　傳真　02-2915-7212

法　律　顧　問	葉繼升律師
初　版　一　刷	西元 2024 年 6 月
定　　　　價	新臺幣 280 元
Ｉ　Ｓ　Ｂ　Ｎ	978-626-7258-77-4

本作品中文繁體版透過成都天鳶文化傳播有限公司代理，經中南博集天卷文化傳媒有限
公司授予大眾國際書局股份有限公司獨家出版、發行及銷售，非經書面同意，不得以任
何形式，任意重製轉載。